할머니의 어쩌다 패션쇼

할머니의 어쩌다 패션쇼

글 서서희 **그림** 해랑

초판 1쇄 발행일 2024년 12월 15일

펴낸이 박봉서 **펴낸곳** (주)크레용하우스 **출판등록** 제1998-000024호

편집 이민정·최은지 **디자인** 김금순 **마케팅** 한승훈·신빛나라

주소 서울 광진구 천호대로 709-9 **전화** (02)3436-1711 **팩스** (02)3436-1410

인스타 @crayonhouse.book **이메일** crayon@crayonhouse.co.kr

ISBN 979-11-7121-157-9 74810

할머니의 어쩌다 패션쇼

서서희 글 해랑 그림

크레용하우스

나만의 멋을 찾아서

여러분, '패션'이라는 말을 아세요? 패션은 특정한 시기에 유행하는 옷이나 머리 모양을 말한답니다.

'패션'이라는 말을 들으면 독특하고 새로운 옷을 입은 친구나 언니 오빠들을 생각하는 사람도 있을 것이고, 런웨이를 걷는 화려한 복장의 패션모델을 생각하는 사람도 있을 겁니다. 또는 멋쟁이 가족을 생각할 수도 있겠지요.

하지만 이런 패션들은 살아 움직이는 것처럼 해마다 달라진답니다. 폭풍처럼 유행했던 옷이 곧 촌스러운 옷이 되기도 하고, 외면받았던 옷이 어느 순간 환영받는 것만 봐도 알 수 있지요.

하지만 우리 삶에는 쉽게 달라지지 않는 것도 있어요. 자신을 아끼고 사랑하는 마음, 개성을 당당하게 표현할 수 있는 자신감, 가족을 사랑하는 마음 등이지요.

이 책에는 시장에서 국밥집을 하는 할머니와 손녀 지수, 그리고 시니어 모델 할머니와 손녀 슬비가 나옵니다. 두 할머니와 손녀들을 통해 진짜 패션과 멋에 대해 생각해 볼 수 있지요.

또한 할머니를 자랑스러워하는 지수, 돈을 많이 벌어 세계 여행을 하겠다는 유나, 학교 신문 기자인 준성이, 아빠의 편의점이 잘되기를 바라는 승재는 '내게 소중한 것'이 무엇인지 이야기합니다.

얼굴 생김새가 모두 다른 것처럼 꿈도 개성도 다른 아이들의 모습에 여러분의 모습을 비추어 보는 시간, '나만의 멋'이 무엇인지 잠시 생각해 보는 시간이 되길 바랍니다.

여러분과 베프가 되고 싶은 작가
서서희

| 차례 |

서촌 국밥 황 여사

"지수야, 할머니가 하시겠대."

"뭐? 정말? 진짜 패션쇼를 하겠다고?"

엄마 말에 순간적으로 튀어나온 내 목소리는 비명 같았어요. 꿈에서 끝없이 깊고 깊은 시커먼 구멍으로 떨어질 때 지르는 비명 말이에요. 내 목소리도 끔찍했지만, 더 끔찍한 건 앞으로의 학교생활이었어요.

나는 개구쟁이에게 붙잡힌 길고양이처럼 마구 발버둥 치는 정신을 붙잡으려 애쓰며 엄마에게 말했어요.

"할머니는 패션이 뭔지도 잘 모르잖아."

"할머니가 패션을 모르긴 왜 몰라? 젊었을 때부터 얼마나 멋쟁이신데……."

엄마는 휴대 전화로 학원 광고를 들여다보면서 무심하게 대꾸했어요.

"엄마가 그랬잖아, 할머니는 시장 패션이라고."

"내가 언제 시장 패션이라고 했니? 스트리트 패션이랬지."

엄마는 '거리'를 꼭 '스트리트'라고 영어로 말해서 내 얼굴을 찡그리게 해요.

"그게 그거잖아!"

엄마는 꼬리를 밟힌 강아지처럼 펄쩍 뛰며 아니라고 했지만 내 귀에는 하나도 들어오지 않았어요. 홧김에 한 내 제안을 할머니가 단박에 거절했으면 좋았을 텐데 하는 생각뿐이었지요. 태어나서 이토록 거절받길 바란 건 처음이었어요.

나는 두 손을 꼼지락거렸어요. 걱정거리가 있거나 마음이 불안하면 손가락을 꼼지락거리는 버릇이 있거든요.

"또 그 손!"

엄마 말에 나는 재빨리 손을 감췄어요.

아침에 먹은 콩조림 콩알들이 그대로 올라오는 것 같았어요. 콩알을 오랫동안 씹었는데도 배 속에 알알이 그대로 다 들어 있는 기분이었어요. 이렇게 된 건 모두 슬비 할머니 탓이라니까요.

"우리 할머니는 패션모델이야."

얼마 전, 쉬는 시간에 슬비가 휴대 전화에 있는 사진첩을 보여 주었어요. 슬비의 에스엔에스(SNS)에서 본 사진들이었어요.

슬비 할머니가 우산을 들고 검은 레이스로 된 드레스 차림으로 패션쇼 무대를 걷는 사진과 소매 없는 상의에 흰색의 통이 넓은 정장 바지를 입고 찍은 사진이었어요.

"이 사진 짱이다!"

슬비 할머니가 파란 한복을 입고 외국 거리를 거니는 사진이 나오자 유나가 외쳤어요.

"나는 이게 더 멋있어."

야자수 아래서 알록달록한 옷을 입고 활짝 웃는 사진도 있었어요. 슬비가 사진을 넘길 때마다 아이들의 호들갑이 요란했어요.

내가 힐끗 보았을 때는 동영상이 틀어져 있었어요. 자신 있게 걷는 슬비 할머니의 모습이 화면에 꽉 찼어요. 슬비 할머니의 표정도 당당했어요. 마음 같아서는 별로라고 하면서 고개를 휙 돌리고 싶었지만 아이들의 반응이 너무 좋아 그럴 수 없는 분위기였어요.

"너희 할머니 진짜 멋있다!"

"우아, 대박이다!"

"어, 할아버지 모델도 있네?"

"할머니 할아버지들이 패션모델을 한다고?"

아이들 반응에 슬비는 아주 신이 났어요.

"응, 시니어 패션모델이라고 해. 요즘 나이 들어도

멋진 할머니 할아버지들이 많잖아. 은퇴하고 더 근사하게 꾸미며 사는 분들 말이야. 그런 분들이 비싼 옷을 엄청 사고 패션쇼도 보러 온대."

"할머니들이 옷을 사 봤자 얼마나 사겠냐?"

나는 슬비를 힐끗 쳐다보며 별거 아니라는 듯 말했어요. 그런데 눈치 없는 수영이가 바로 내 말을 막았어요.

"아냐, 문화 센터에서 일하는 우리 엄마가 그러는데 할머니 할아버지들이 많아져서 앞으로 노인 시장이 훨씬 더 커질 거래. 사람들이 아이를 안 낳아서 노인이 더 많아진다잖아."

할머니에 대한 자부심으로 가득 찬 슬비를 바라보며 나는 국밥집에서 일하고 있을 우리 할머니를 떠올렸어요.

종례 시간이 되자 선생님이 '명예 교사의 날'에 대해 이야기했어요.

"이번에는 어떤 직업을 가진 분을 만나 볼까?"

우리 학교에서는 학년별로 두 달에 한 번씩 '명예 교사의 날'을 진행해요. 각 반에서 엄마 아빠나 친척들이 한 명씩 와서 다양한 직업에 대해 알려 주는 날이에요. 그동안 요리사, 변호사, 대형 트럭 운전사 등의 직업을 가진 어른들이 왔었어요.

아이들이 웹툰 작가, 영화배우, 회사 사장님, 마술사, 유튜버를 말하고 있을 때 우리 반에서 목소리가 가장 큰 유나가 손을 번쩍 들었어요.

"선생님, 패션모델이요!"

"아니요, 선생님, 축구 선수요!"

"패션모델을 어디서 구하냐?"

남자아이들이 모델은 마음에 안 든다고 툴툴댔어요.

"슬비 할머니가 패션모델이잖아."

유나의 말에 아이들이 모두 슬비를 쳐다보았어요.

"맞아요, 선생님. 슬비 할머니가 패션모델이래요."

"슬비야, 너희 할머니가 진짜 패션모델이셔?"

선생님도 호기심 가득한 눈으로 슬비에게 물었어요.

“네, 시니어 패션모델이세요.”

“우아, 젊은 패션모델보다 더 멋진걸? 슬비 할머니께 명예 교사를 부탁할 수 있을까?”

슬비는 고개를 끄덕이며 웃었어요. 내가 보기엔 아이들보다 선생님이 더 좋아하는 것 같았어요.

수업을 마치고 집에 가는 길에 수영이가 슬비 할머니 이야기를 꺼냈어요. 유나도 옆에서 거들었고요.

“야, 진짜 멋있지 않냐? 슬비도 예쁘고 똑똑한데 할머니도 모델이잖아.”

“짱이야, 정말!”

아이들 말을 들으니 왠지 슬비한테 지는 느낌이 들었어요. 마치 엄마가 슬비랑 성적을 비교할 때처럼요. 그래서 불쑥 한마디 했지요.

“모델이 뭐 그리 대단하다고 그러니? 사실 우리 할머니도 모델이야.”

“뭐? 너희 할머니도? 정말?”

유나의 눈이 동그래졌어요.

“그럼, 내가 언제 거짓말하는 거 봤니? 우리 할머니도 잘나가는 모델이야.”

나도 모르게 거짓말을 해 버렸어요. 그렇다고 완전히 거짓말은 아니에요. 동문시장 입구에 모델처럼 할머니 사진이 걸려 있으니까요. 동문시장 상인들 네 분과 함께이기는 하지만요.

“우리 동문시장 대표 모델은 서촌국밥 황 여사여.”

동문시장 상인회 회장 할아버지가 이렇게 말한 적도 있어요.

유나는 내게 얼굴을 들이밀며 진짜냐고 꼬치꼬치 캐물었어요.

나는 ‘동문시장 모델’이라는 말은 목구멍 아래로 꾹 눌러 넣었어요. 유나가 부러워하는 표정이라 더 큰 소리로 떠들었지요.

“인기는 또 얼마나 많은지 몰라. 우리 할머니를 보려고 할아버지들이 쫘악 길게 줄을 서서 기다릴 정도라니까.”

조금 양심에 찔리긴 했어요. 그래도 아주 틀린 말은 아니에요. 점심에 할아버지들이 맛있는 국밥을 먹으려고 줄을 서는 건 사실이니까요.

"너희 할머니 사진 좀 보여 줘."

　유나와 수영이가 당장이라도 휴대 전화를 뺏어서 볼 것처럼 다가와 나는 급히 휴대 전화를 감췄어요.

"우리 할머니는 사진 유출되는 거 엄청 싫어해. 인기 많은 연예인들은 다 그렇잖아."

　유나와 수영이는 마지못해 고개를 끄덕였어요. 나는 얼른 바쁜 척 말을 돌렸어요.

"엄마 심부름 가야 하는데 늦었다, 먼저 갈게."

　나는 서둘러 친구들에게서 멀어졌어요. 엄마 심부름을 가야 한다는 말은 사실이었지만 마음이 불편하고 켕겼어요.

"어서 오세요, 몇 분이세요? 세 분, 5번 테이블에 앉으세요."

국밥집에 가까워지자 우리 할머니의 우렁찬 목소리가 들렸어요.

나도 몰래 눈길이 바닥으로 뚝 떨어졌어요. 친구들과 어떻게 헤어졌는지 기억나지 않을 만큼 당황스럽고 불안한 마음이었어요.

엄마는 가끔 할머니 가게에서 아빠가 좋아하는 국밥이랑 고기를 포장해 오라고 심부름을 시켜요. 아빠는 지방에서 아파트 짓는 일을 하거든요. 아빠는 주말에만 올라오는데 늦어서 할머니 가게가 문을 닫을 것 같으면 미리 국밥을 포장해 와야 해요.

어렸을 적에는 아빠를 따라 국밥집에 더 자주 갔어요. 시장 할아버지들이 깜짝 놀라며 칭찬할 만큼 나는 국밥을 좋아했고 맛있게 잘 먹었어요. 어떨 때는 국밥을 먹으러 할머니네 가자고 내가 먼저 엄마를 조르기도 했어요. 하지만 요즘은 잘 가지 않아요. 내게 '국밥 소녀'라는 별명이 붙은 굴욕의 날 때문이에요.

그날은 내 생일이었어요. 우리 가족은 할머니 국밥

집에서 생일 파티를 했어요. 즐거운 시간을 보내고 나서 사진을 에스엔에스(SNS)에 올렸어요. 그때까지는 몰랐어요. 내가 아이들 사이에서 큰 웃음거리가 될 거라는 것을요.

친구들은 국밥집 식탁에 놓인 케이크 옆으로 수육이 높게 쌓인 내 생일 파티 사진을 퍼 나르면서 낄낄낄 웃어 댔어요. 근사한 분위기의 레스토랑에서 찍은 슬비의 생일 파티 사진과 비교하면서 말이에요. 정말 다시는 꿈에서도 떠올리고 싶지 않은 일이었어요.

걱정이 태산

　명예 교사의 날을 일주일 앞둔 아침 조회 시간이었어요. 걱정이 가득한 얼굴로 슬비가 선생님에게 다가갔어요.

　"선생님, 할머니가 학교에 못 오시게 됐어요."

　"왜?"

　"갑자기 뉴욕에서 하는 패션쇼에 초청을 받아서 오실 수가 없대요."

　"아, 좋은 일이 생기셨구나."

　하지만 선생님의 얼굴은 전혀 좋아 보이지 않았어

요. 입술을 옴쭉거리던 선생님이 나직한 목소리로 말했어요.

"이를 어쩌지, 우리 반에서 패션모델을 모실 거라고 다른 선생님들한테도 다 말씀드렸는데…….."

선생님의 목소리가 점점 작아졌어요.

그런데 내 마음이 이상했어요. 살짝 속이 시원해지는 거 있지요. 배시시 웃음이 나올까 봐 입을 꾸욱 다물었어요.

"우리들과 한 약속이 먼저잖아, 쳇!"

승재의 목소리가 별나게도 크게 들렸어요.

그때 갑자기 유나가 손을 번쩍 들었어요.

"선생님, 지수 할머니도 모델이래요. 지수 할머니가 오시면 되지 않을까요?"

"어, 정말?"

선생님이 박수까지 쳤어요.

"우리 반에는 훌륭하신 할머님들이 많네. 너무 좋다. 그럼 지수 할머니가 오실 수 있을까?"

선생님이 기대에 찬 얼굴로 물었어요.

"네?"

나는 어떻게 대답해야 할지 몰라 말을 얼버무렸어요. 그런데 이번에는 수영이가 나섰어요.

"지수는 할머니를 엄청 자랑스러워해요. 아마 할머니도 지수가 부탁하면 다 들어주실걸요?"

선생님은 예정된 행사를 취소할 수 없으니 꼭 좀 부탁한다고 내게 몇 번이고 말했어요.

"아, 네……."

우리 할머니가 무대에 선다고 생각하니 갑자기 머리가 어질어질했어요. 뭔가 잔뜩 엉킨 기분이었지요. 점심시간에 내가 좋아하는 돈가스가 나왔는데도 반갑지 않았어요.

'우리 할머니가 패션모델로 무대에 선다고? 아, 그건 좀……. 어쩌지?'

국밥집 주인이 패션모델이 된다는 건 왠지 이 세상에서 수학이 사라지는 일처럼 불가능해 보였어요. 하지만 진짜로 할머니가 패션모델이면 좋겠다는 생각도 머릿속을 맴돌았지요.

집에 와서도 계속 멍해 있다가 엄마에게 물었어요.

"엄마, 우리 할머니 모델 맞지? 그때 상인회 회장 할아버지가 할머니더러 모델이라고 말했잖아."

내가 원하는 대답을 해 주길 바라면서 엄마를 바라보았어요. 하지만 성격 급한 엄마는 대답 대신 질문만 쏟아 냈어요.

"응, 갑자기 왜? 학교에서 무슨 일 있었어? 할머니가…….."

나는 엄마의 말허리를 자르며 학교에서 있었던 일을 말해 주었어요. 그랬더니 엄마는 대수롭지 않다는 듯 고개를 끄덕였어요.

"걱정 마, 엄마가 할머니한테 잘 말해 볼게."

"아니 그게 아니고…….."

슬비 할머니를 대신해야 한다니까 엄마가 더 열심인 것 같았어요. 마치 슬비랑 경쟁하는 것처럼요.

세련된 원피스 대신 늘 빨간 앞치마를 걸친 할머니. 보석 반지 대신 항상 행주를 쥔 할머니. 런웨이를 우아하게 걷기보다는 음식이 가득 담긴 수레를 밀고 다

니는 할머니. 그런 할머니가 모델을? 언제나 곱게 화
장을 하고 손님 앞에 나서는 멋쟁이 할머니이긴 하지
만 말이에요.

휴우, 나는 한숨을 내쉬었어요. 할머니가 모델로 학
교에 와도 걱정이고, 안 와도 걱정이었어요. 몸에 좋
다는 맛없는 음식을 억지로 먹은 것처럼 속이 편치 않
았어요.

잠시 후, 마음 한쪽에서 위로처럼 아빠의 말이 생각
났어요.

"딸, 할머니는 정말 대단하신 분이란다. 맨손으로
서촌국밥집을 맛집으로 우뚝 세운 분이시거든. 불가
능이란 없는 분이지."

아빠의 말이 점점 더 또렷하게 들리는 것 같았어요.

'그래, 우리 할머니라면 잘할 수도 있어.'

그때였어요. 또 다른 마음 한쪽에서 실망하는 아이
들의 목소리가 들려왔어요.

"너희 할머니 겨우 시장 모델이었어?"

"쳇, 여태 거짓말한 거야?"

갈팡질팡 왔다 갔다 하는 마음에 또다시 한숨이 나왔어요.

'차라리 거짓말했다고 사실대로 말할까?'

그러자 유나와 수영이의 싸늘한 표정이 휙 스쳐 갔어요. 어쩌면 슬비도 나를 손가락질할지 몰라요. 나는 얼른 고개를 저었어요.

'아, 못 해. 차라리 할머니가 못 하겠다고 하는 게 가장 나을 것 같아. 할머니는 패션모델이 어떤 건지 잘 모르니까 분명히 안 한다고 할 거야.'

이렇게 벌어진 일이었어요.

내가 너무 편하게만 생각했던 걸까요? 할머니가 덥석 패션모델로 명예 교사의 날에 온다고 할 줄은 몰랐어요.

나는 할머니를 만나서 이야기해 봐야 할 것 같아 국밥집으로 갔어요. 평소에 북적대던 가게가 어쩐 일인지 한가했어요.

"웬일이래? 우리 손녀가 심부름도 아닌데 나를 다 찾아오고. 내일은 해가 서쪽에서 뜨겠네."

나는 어색하게 웃으며 할머니 곁으로 갔어요.

"우리 손녀가 나를 모델 만들어 준다고 했다며?"

할머니는 대파를 다듬으며 환하게 웃었어요. 나는 할머니가 무대에 서는 걸 포기하길 바라며 한껏 부풀려 말했어요. 무지무지 어렵고 힘든 일이라고요.

하지만 할머니의 대답은 내가 원하는 말이 아니었어요. 할머니는 심지어 힘이 잔뜩 들어간 목소리로 말했어요.

"그럼, 알고말고. 우리 손녀가 처음으로 하는 부탁인데 들어줘야지."

할머니는 못 한다고 하기는커녕 내 말에 용기를 얻었대요. 나는 뭔가 잘못된 느낌이 들었어요.

'슬비 할머니보다 잘해야 하는데……. 어떡하지?'

나는 할머니 앞에 휴대 전화를 내보였어요. 에스엔

에스(SNS)에 올라온 슬비 할머니의 사진들을 하나씩 넘기며 따지듯 말했지요.

"여기 이 할머니 좀 봐요. 이렇게 해야 한다고. 할머니 할 수 있어?"

"그럼, 당연하지!"

할머니는 들고 있던 대파까지 흔들며 소리쳤어요.

그때 마침 손님들이 우르르 가게에 들어와 할머니가 주방으로 갔어요. 할머니의 마음을 돌릴 수 없다면 차라리 잘해 내는 쪽으로 밀고 가야겠다는 생각이 들었어요.

휴대 전화로 '패션모델'을 검색했더니 주르르 수많은 영상이 나왔어요. 나는 '패션모델의 자세'라는 영상을 보며 메모했어요.

1. 벽에다 몸을 붙이고 배에 힘을 주고 어깨는 곧게 편다.

2. 고개는 몸 쪽으로 살짝 당긴다.

3. 허리에 손을 얹고 정면을 응시한 채 일자로 걷는다.

나는 할머니에게 가 메모를 내밀었어요.

"지수야, 나만 믿어라. 나도 다 생각이 있단다. 한 주 정도 남았으니 그래도 기본적인 자세며 워킹은 익히고 나갈 수 있겠지? 이래 봬도 내가 동문시장 멋쟁이야, 하하하."

할머니가 자신 있다고 말할수록 나는 점점 더 자신이 없어졌어요.

그날 이후 나는 매일 학교가 끝나고 할머니를 찾아갔어요.

"내가 잘할 수 있다는데도 그러니……."

할머니는 한숨을 쉬면서도 어쩔 수 없다는 듯 나를 따라나섰어요. 워킹 연습을 위해 국밥집을 다른 사람한테 잠시 맡기고 함께 우리 집으로 갔지요.

벽에다 등을 대고 허리를 빳빳이 세우는 연습부터 시작했어요.

"에구구구, 살살 해라."

"아니야, 할머니. 허리를 펴는 게 가장 중요해. 그래

야 멋지게 걸을 수 있단 말이야."

　나는 할머니가 힘들 줄 알면서도 몇 시간씩 연습하
자고 했어요. 할머니는 끙끙대면서도 계속 연습했어
요. 그래도 별로 나아지는 것 같지 않았어요.

　하루는 엄마와 함께 국밥집에 갔는데 음식을 나르는
할머니 모습이 불편해 보였어요.

　"어머니, 어디 아프세요?"

　"워킹 연습을 너무 많이 한 모양이다. 유튜브 보면
서 혼자 했는데…….."

　엄마는 할머니한테 미안해했어요. 하지만 나는 어쩔
수 없다고 생각했어요.

　'할머니가 한다고 했잖아. 슬비 할머니는 이런 연습
도 필요 없을 텐데…….'

　나는 자꾸만 손가락을 꼼지락거렸어요.

　"할머니, 모델은 피부 관리도 해야 하고 걷는 것도
중요해. 옷도 좀 고급스럽게 입어야 하고."

　나는 할머니가 친구들한테 망신을 당하는 것보다는

차라리 그만두는 게 낫다고 생각해서 마지막으로 물어보았어요.

"할머니 정말 할 수 있는 거야? 내가 학교에다 말할까? 못 하겠다고?"

하지만 할머니는 내 말의 의도를 이해하지 못하는 것 같았어요.

"지수야, 할머니 할 수 있어. 그리고 멋이라는 건 피부 관리나 외모에서 나오는 게 아니야. 평소 생활 속에서 우러나오는 거지. 그게 진짜 멋이고 패션이야."

"몰라, 그만해! 할머니는 촌스러운 시장 패션이잖아!"

내 말에 할머니의 얼굴이 벌게졌어요. 내가 무엇을 해도 허허 웃던 할머니 표정이 딱딱하게 굳었어요.

"지수야, 너 정말 그렇게 생각하니? 할머니를?"

할머니 얼굴이 슬퍼 보였어요.

"할머니는 슬비 할머니처럼 시니어 모델이 아니잖아. 친구들한테 우리 할머니도 시니어 모델이라고 자

랑했단 말이야. 들키면 어떡해?"

말이 끝나자마자 목 아래쪽에서 뜨거운 것이 올라왔어요. 눈물도 찔끔 났어요. 울음이 터지기 직전 나는 할머니 얼굴을 보았어요. 할머니는 내 말에 충격을 받았는지 아무 말이 없었어요.

"지수야, 그런 말이 어딨어?"

옆에서 안절부절못하고 있던 엄마가 소리쳤어요. 나는 아무런 대꾸도 하지 않고 가게에서 뛰쳐나왔어요.

"지수야!"

엄마가 부르는 소리를 들었지만 못 들은 척했어요. 웃지 않는 할머니의 얼굴이 무섭기도 하고, 이상하게도 부끄러운 마음이 들어서요.

그날 밤, 나는 처음 알았어요. 할머니가 한의원에 다니며 침을 맞고 약도 드신다는 것을요.

"넌 어쩜 그렇게 철이 없니? 할머니가 널 위해서 얼마나 노력하시는데 미운 말만 했으니……."

명예 교사의 날

드디어 명예 교사의 날이 되었어요. 모두 강당으로 모였어요. 할머니의 어정쩡하고 구부정한 걸음걸이가 자꾸 생각났어요. 나도 모르게 자꾸만 손가락을 꼼지락거렸어요. 가슴까지 콩닥콩닥했어요.

'할머니가 올까?'

나는 어쩌면 할머니가 화나서 안 올 수도 있겠다는 생각이 들었어요.

'선생님한테 미리 말해야 하나?'

시간이 지날수록 걱정은 풍선처럼 자꾸 커지기만 했

어요.

　강당 앞에 있는 선생님에게 다가가 말을 하려는데 선생님이 무대 커튼을 활짝 열어젖혔어요. 나는 깜짝 놀랐어요. 붉은 카펫이 깔린 무대 위로 할머니의 뒷모습이 보였거든요. 할머니의 우뚝 선 몸이 미세하게 흔들렸어요.

　왁자지껄 떠들던 아이들도 모두 입을 다물고 자리에 앉았어요.

　"오늘 명예 교사로 우리 반 박지수 할머님이신 황정심 님이 오셨어요. 모두 박수로 맞이해 주세요."

　활기찬 음악에 맞춰 할머니가 돌아섰어요. 구두 굽이 높았는지 비틀, 하마터면 넘어질 뻔했어요. 높은 천장, 넓은 무대에 선 할머니의 모습이 아주 작아 보였어요. 할머니는 검정 바지에 알록달록한 꽃무늬가 있는 옷을 입고 팔에는 파란색 짧은 코트를 들고는 어색하게 웃고 있었어요.

　음악에 맞춰 천천히 걸어 나오는데 할머니의 다리

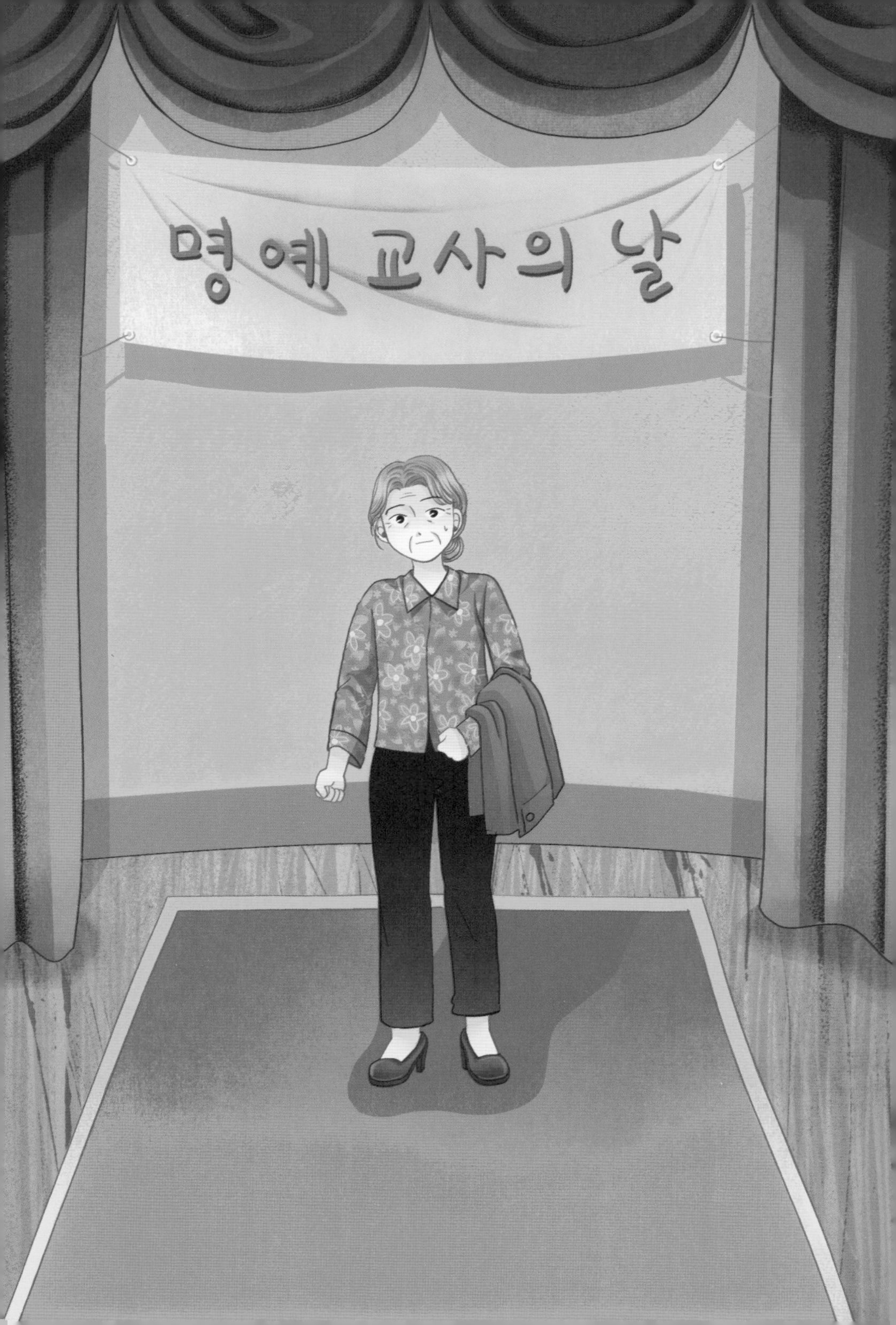
명예 교사의 날

가 불안했어요. 할머니의 워킹에 맞춰 음악 소리도 커졌다 작아졌어요. 아이들은 뭐라 떠들어 댔지만 나는 흔들리는 할머니의 다리밖에 보이지 않았어요. 내 다리까지 흔들리는 것 같아 나도 모르게 무릎에 힘을 팍 주었어요.

'아, 할머니. 슬비 할머니처럼 좀 잘하지.'

무대를 천천히 걸어온 할머니는 허리에 손을 얹고 서서 친구들과 눈을 맞췄어요. 그러고는 손에 들고 있던 코트를 걸치고는 다시 뒤돌아 걸었어요. 할머니의 손짓과 몸짓 하나하나가 아슬아슬하기만 했어요. 그렇게 무대 끝까지 천천히 걸어간 할머니는 돌아서며 워킹을 간신히 마무리 지었어요.

"우아, 할머니 너무 멋져요! 하하하하!"

유나와 수영이가 크게 웃었어요. 일부러 그러는 것 같았어요. 선생님도 서둘러 박수를 쳤어요.

나는 강당 안을 둘러보았어요. 아이들이 마지못해 박수를 치는 것 같았어요. 그때 준성이가 옆에 앉은 승재에게 투덜대는 소리가 들렸어요.

"에이, 이게 뭐야. 차라리 내가 하는 게 낫겠다."

"그러게 말이야, 축구 선수를 부르자니까."

나는 얼굴이 화끈 달아올랐어요. 유치원 때부터 친구인 준성이가 이렇게 얄밉긴 처음이에요.

"안녕하세요, 여러분. 오늘 무대에 모델로 서게 된 황정심입니다. 사실 나는 동문시장에서 국밥집을 하고 있어요. 동문시장의 상인 모델인 나에게 이렇게 무대에 설 수 있는 기회를 줘서 고마워요."

할머니가 당차게 말했어요.

"여러분, 우리를 위해 애쓰신 지수 할머니께 다시 한번 감사의 박수를 드리죠. 지수 할머니, 감사합니다. 고생하셨어요. 박수!"

선생님이 무대 위로 나오며 박수를 쳤어요.

크게 짝짝 박수를 치며 환호하는 아이들도 있었지만 두 손바닥을 편 채 헐렁헐렁 부딪치지 않는 날라리 박수를 치는 아이들도 있었어요.

특히 준성이와 승재가 그랬어요. 둘이 낄낄거리며
장난치는 게 얄미워 죽을 지경이었어요. 온몸의 힘이
쭈욱 빠지는 듯했어요.

그런데 그때 휴대 전화로 메시지가 왔어요.

응원해 준 손녀 덕분에 잘 끝냈다. 사랑한다!

할머니의 메시지였어요.

나는 오늘을 위해 아픈 것도 참으며 연습한 할머니
를 떠올렸어요. 아이들의 반응이 좋지 않아도 상관없
다는 생각이 들면서 할머니가 화났을까 봐 걱정했던
마음도 봄눈 녹듯이 사라졌어요.

우리 할머니, 짱!♡♡♡

어디서 시원한 바람이 부나 봐요. 하늘을 날 것처럼
마음이 가벼웠어요.

준성이의 부탁

며칠 뒤, 사회 시간이었어요.

"여러분, 이번에는 모둠 숙제로 '관심 있는 직업 소개하기'를 해 보려고 해요. 아는 분들을 직접 찾아가 직업을 조사하고 소개해도 좋으니 모둠별로 상의해서 정해 보도록 합시다."

선생님이 모둠 숙제를 내어 주자 아이들은 너도나도 신나 했어요. 조사를 핑계로 친구들과 놀 수 있는 기회라고 생각했나 봐요. 나는 유나, 준성이, 승재와 같은 1모둠이었어요.

가장 먼저 2모둠의 아이들이 은서네 엄마가 하는 변호사 사무실에 다녀왔어요.

　"야, 변호사가 하는 일이 뭔지 아냐? 우린 법원까지 갔다 온 몸이란 말이야. 사람들 앞에서 당당하게 말하는 변호사 정말 멋있더라. 나도 공부 열심히 해서 변호사가 될 거야."

　민성이의 말에 옆에 있던 지아가 기다렸다는 듯이 말했어요.

　"난 변호사보다 검사가 더 당당하고 멋지던데? 난 검사가 될 거야."

　민성이는 은서에게 자두맛 젤리를 주면서 엄청 친한 척을 했어요. 나중에 변호사나 검사가 되려면 은서 엄마한테 도움을 받아야 할지도 모른다고 너스레를 떨면서요.

　"이거 엄청 맛있다. 어디서 샀어?"

　젤리를 먹은 은서가 물었어요.

　"응, 이거 승재네 편의점. 동문시장 입구에 있잖아.

1+1 행사를 하더라고.”

3모둠 아이들은 미승이 아빠가 다니는 광고 회사에 갔다 와서는 광고 이야기를 많이 했어요.

“텔레비전 광고가 되게 짧잖아. 그걸 위해 여섯 달을 고생한대. 엄청나지 않냐?”

“정말 멋있었어.”

아이들이 하는 말을 들으며 나는 입을 삐죽였어요.

‘우리 아빠는 지방에서 아파트 짓는 일을 하는데 현장에 데려갈 수도 없고……’

아빠가 부끄럽다는 생각을 한 적은 없었지만 왠지 아이들 앞에서 말하기는 싫었어요.

그런데 오늘 아침부터 준성이가 나를 힐끔거렸어요. 뭔가 할 말이 있는 것 같았지만 나는 일부러 못 본 척했어요. 그랬더니 슬슬 눈치를 보던 준성이가 점심시간에 내게로 왔어요.

“지수야아.”

나는 콧방귀를 뀌었어요.

'흥, 우리 할머니 패션쇼를 비웃을 땐 언제고……'

나는 준성이한테 단단히 삐졌어요.

'뭐? 우리 할머니 대신 차라리 자기가 하는 게 낫겠다고?'

자기 딴에는 작은 목소리로 말했겠지만 나에게 다 들렸거든요.

"지수야, 너희 할머니 좀 만나게 해 주라."

나는 침을 꼴깍 삼켰어요.

'우리 할머니 패션쇼를 그렇게 무시해 놓고 이제 와서 무슨 소리야?'라고 따지고 싶었지만 내 입에서 나온 말은 다른 말이었어요.

"왜?"

준성이는 퉁명스러운 내 대답에도 굽신거리며 말했어요. 뭔가 부탁할 일이 있으면 꼭 저런다니까요.

나는 준성이가 왜 이러는지 어제 유나에게 들어서 대충 알고 있었어요.

어제 학교 끝나고 집에 가는 길이었어요.

"지수야, 준성이가 학교 신문 기자를 그만둘지도 모른대."

준성이 일이라면 모르는 게 없는 유나가 말했어요.

"왜?"

"자존심이 상해서 그만두고 싶다나 봐."

"왜 자존심이 상해?"

내가 다시 물었어요.

"준성이 친구 있잖아. 3학년 때 같은 반이었고 지금 같이 학교 신문 기자인 친구가 매번 기사를 빵빵 터트린대. 팬클럽도 있다나 봐."

유나는 잔뜩 찌푸린 표정으로 다시 말을 이었어요.

"친구가 잘나가니까 준성이가 자존심이 좀 상했나 봐. 그럼 자기도 빵 터질 만한 기사를 쓰겠다고……."

"그런 기사를 쓰면 되겠네. 뭐가 문제야?"

내 말에 유나는 펄쩍 뛰듯이 말했어요.

"그게 그렇게 쉽니? 그래서 너희 할머니를 인터뷰하고 싶어 하던데……."

"싫어, 준성이가 우리 할머니를 얼마나 얕봤는데."

어제 유나와 나눴던 대화를 떠올리고 있는데 준성이 목소리가 들렸어요.

"이번 모둠 숙제가 '관심 있는 직업 소개'잖아. 우리 모둠 숙제도 하고 너희 할머니 인터뷰도 하고 싶어서 그래."

준성이가 부탁했어요.

나는 준성이 엄마 아빠가 외국 유학 중이라는 사실을 누구보다 잘 알고 있어요. 준성이 아빠가 준성이만 할머니한테 남겨 두고 외국으로 떠나기 전에 유치원 친구들을 불러 파티를 열어 줬거든요.

"얘들아, 우리 준성이 잘 부탁해. 사이좋게 지내라. 사정이 생겨 잠시 떨어져 지내지만……."

그 말을 할 때 준성이 아빠의 눈이 빨갰어요. 지금 생각해 보면 준성이는 외로운 아이예요. 하지만 자존심이 강해서 표현을 잘 하지 않아요.

"이거 취재해서 모둠 숙제도 하고, 우리 학교 신문
에도 싣기로 했단 말이야. 내가 학교 신문 기자잖아."

준성이가 몸을 건들거리며 내 어깨를 툭 치는 시늉
을 했어요. 나도 모르게 피식 웃음이 났어요.

'흥, 얘가 왜 이래?'

조금 전까지 빵빵하게 부풀어 올랐던 화 주머니가
포르르 줄어드는 것 같았어요. 하지만 왠지 이렇게 쉽
게 봐주면 안 될 것 같아 눈에 힘을 주었어요.

"지수야, 너 오늘 청소 당번이지? 내가 앞으로 삼
일 청소해 줄게. 안 돼? 그럼 오 일. 에잇, 기분이다.
열흘 해 줄게, 내가 너 대신 이 주 동안 청소해 준다.
그럼 됐지?"

내가 아무 대꾸도 하지 않자 준성이 옆에 있던 승재
가 짜증스레 말했어요.

"야, 뭘 그렇게까지 하냐? 안 해 주면 다른 사람 알
아보면 되지."

승재는 별로 마음에 들지 않는 모양이에요.

"지수야, 이 주 청소면 괜찮은 거 같은데? 할머니한테 말해 봐! 안 된다면 할 수 없고."

달리기하다 넘어진 유나를 준성이가 도와준 뒤로 유나는 매번 준성이 편을 들어요. 내 마음이 잠깐 흔들렸어요.

"약속 안 지키면 알지?"

나는 마지못해 그러는 것처럼 짧게 말했어요.

준성이가 자동인형처럼 고개를 끄덕끄덕했어요.

나는 보라는 듯 휴대 전화를 꺼내 할머니에게 메시지를 보냈어요.

> 할머니, 내 친구가 할머니를 인터뷰하고 싶대.
> 직업 소개하는 숙제도 해야 하고.

> 내가 뭐 보탬이 되려나?

> 그럼, 보탬이 되지.

> 오케이!

할머니의 메시지는 언제나 짧아요. 바쁜 것도 한결같고요.

나는 할머니와 겨우 약속을 잡은 것처럼 굴었어요.

"우리 할머니는 아주 많이 바쁜 분이거든. 내 부탁이니까 특별히 들어주신 거야."

준성이가 고맙다며 같이 시장으로 가자고 했어요.

"언제가 좋을까?"

시간을 정하려는데 승재가 또 기분 상하는 말을 던졌어요.

"누가 요즘 시장에 가냐? 가까운 편의점이 있는데."

"야! 물건 사러 가는 게 아니라 숙제랑 인터뷰 때문에 가는 거야."

유나가 말했어요. 입을 삐죽이는 승재의 어깨에 준성이가 팔을 올렸어요.

"야, 승재야. 그러지 말고 같이 가자. 우리 같은 모둠이잖아."

순간 승재는 멋쩍은 얼굴로 대답했어요.

"어? 그, 그래."

나는 미운 말만 딱딱 골라 하는 승재와 함께 가고 싶지 않았지만 하는 수 없었어요. 우리는 내일 학교 끝나고 할머니를 찾아가기로 했어요.

시장 구경

하늘이 유독 파란 날이었어요. 나는 아이들과 함께 '서촌국밥'이 있는 동문시장 입구에 도착했어요.

"입구에 쓰레기가 많아. 청소도 안 했나 봐."

또 시작이에요. 승재한테 그만 투덜대라고 말하고 싶었어요. 그때 자전거를 탄 아저씨가 따르릉 하고 벨을 요란하게 울리며 지나갔어요.

"아유, 깜짝이야. 시장에서 무슨 자전거야?"

승재는 계속 구시렁거렸어요.

'투덜이 이승재! 좀 조용히 해!'라고 당장이라도 소

리치고 싶었지만 참았어요. 우리 할머니 가게에 가는 길이잖아요.

'괜히 오자고 했나?'

나는 몇 초 정도 후회를 했어요.

동문시장 입구에는 큰 간판이 걸려 있었어요. 유나가 간판을 올려다보며 알은체했어요.

"지수야, 오른쪽에서 두 번째가 너희 할머니, 맞지?"

“응.”

나는 시큰둥하게 말했어요. 준성이는 가는 내내 할머니한테 무얼 질문할까 고민하는 것 같았어요.

과자 도매점, 과일 가게를 거쳐 생선 가게를 지날 때였어요.

“으윽, 비린내!”

승재가 코를 막고 달렸어요. 나는 어이가 없어 고개를 저었어요. 떡집 앞을 지날 때는 구수한 냄새가 좋아 천천히 걸었어요. 분식집에서도 맛있는 떡볶이 냄새가 났어요.

건어물 가게를 지나자 할머니 국밥집이 나왔어요. ‘서촌국밥’이라는 간판에 ‘서’ 자가 삐뚜로 떨어져 있었어요. 보통 때는 보이지도 않았던 간판이 유난히 눈에 띄었어요. 나는 아이들이 낡은 간판을 못 보게 하려고 서둘러 들어갔어요.

“할머니!”

“아이고, 지수 왔구나. 어서들 와.”

아이들이 꾸벅 인사를 했어요.

"할머니, 왜 이리 조용해?"

"그러게 말이다. 여느 때 같으면 손님이 바글바글할 시간인데…….”

할머니는 한숨을 내쉬더니 다시 밝은 목소리로 말했어요.

"반갑다, 얘들아. 학교에서 보고 오늘 두 번째 보는 건가?"

"네, 할머니 그때 정말 멋졌어요.”

유나가 크게 대답했어요. 준성이와 승재는 딴짓을 했어요. 할머니의 무대를 보고 한 말이 부끄러웠던 모양이에요.

'그러게, 왜 그런 소리를 해?'

고소한 생각이 들어 속으로 웃었어요.

"옆 가게에서 떡볶이랑 튀김이라도 사다 줄까?"

할머니는 우리를 안쪽에 앉으라고 했어요. 그러고는 떡볶이를 사다 주었어요.

"할머니, 친구들이 할머니 직업에 대해 알고 싶대요. 모둠 숙제도 하고 학교 신문에도 실으려고요."

"그래, 뭐가 알고 싶은데? 어, 잠깐만!"

할머니가 말하려다가 일어섰어요. 갑자기 손님들이 몰려왔거든요.

"어서 오세요! 몇 분이세요? 네 분이요. 자, 이리로 앉으세요."

할머니는 앞쪽 테이블을 가리켰고, 주문을 받아 주방으로 갔어요.

손님이 계속 들어와 가게 안쪽까지 꽉 찼어요. 나는 엉덩이가 들썩들썩 괜히 불안했어요.

"어이, 황 여사. 나 국밥 한 그릇 주세요. 오늘도 황 여사 보러 왔습니다, 허허허."

그런데 의자에 앉으려던 할아버지 손님이 나를 알아보고는 다가왔어요.

"어, 황 여사 손녀가 왔구먼. 지수라고 했던가?"

"안녕하세요."

나는 어색해하며 고개를 꾸벅했어요.

"못 본 사이에 많이 컸네. 나는 동문시장 상인회 회장이자 황 여사 팬클럽 회장이지, 허허허."

"네."

아이들이 쿡쿡 입을 가리고 웃었어요. 나는 얼굴이 화끈거렸어요. 그래서 얼른 냉장고에 가서 콜라를 가져왔어요.

"얘들아, 이거 마시자."

떡볶이에 콜라까지 다 먹었지만 손님은 더 많아졌고 할머니는 계속 바빴어요.

요즘은 손님 없는 날이 더 많았는데 오늘은 웬일로 손님이 많은 것 같다고 할머니가 말했어요.

우리는 텔레비전을 보면서 시간을 보냈어요. 유명한 아저씨가 식당을 찾아가 고쳐야 할 점을 알려 주는 프로그램이었어요. 손님이 없던 가게가 그 아저씨가 알려 준 방법으로 장사하니 손님이 많아졌다는 내용이에요.

"나도 저 아저씨 말처럼 장사해야지. 돈 많이 벌어서 세계여행 다닐 거야."

유나가 말하자 옆에 있던 승재가 눈을 크게 뜨며 말했어요.

"그게 그렇게 쉽냐? 그럼 금방 다 부자 되겠다."

"왜 안 되는데? 너는 왜 맨날 그런 식으로 말하냐?"

잘못하다간 유나와 승재가 싸울 것 같았어요. 텔레비전 프로그램도 끝나 가고 우리 자리까지 내주어야 할 정도로 손님이 계속 와 나는 밖으로 나갈 핑계를 댔어요.

"얘들아, 동문시장 구경할까?"

아이들은 모두 좋아했어요. 유나도 하품이 나려고 했다면서 반겼어요.

우리는 천천히 걸으며 이곳저곳 구경했어요.

"지수야, 너희 할머니네는 손님이 많은데 다른 곳에는 사람이 없네."

유나가 여기저기 두리번거리며 말했어요.

"맞아, 시장은 북적북적해야 제맛이라고 엄마가 그러던데 요새는 사람이 없네."

할머니 때문에 시장에 자주 왔지만 이 정도인 줄은 나도 몰랐어요. 사실 할머니 가게도 옛날에는 훨씬 손님이 많았어요. 항상 손님들이 줄 서서 기다릴 정도로 말이에요.

"시장이 구식이니까 그렇지, 뭐."

승재가 얼굴을 찡그리며 말했어요. 그러고는 또 얄미운 말을 했어요.

"그리고 요즘 누가 시장에 오냐? 편의점은 가깝고 깨끗하고 뭐든지 다 있는데……."

유나가 못 말린다는 표정으로 승재를 흘겨보았어요.

그때 아이 목소리가 들렸어요.

"엄마, 가자! 나 여기 싫어. 키즈 카페 갈 거야!"

"조금만 기다려. 멸치만 사면 돼."

저 앞에 있는 채소 파는 할머니는 지나가는 사람들에게 말했어요.

"여기 상추 좀 사요. 내가 농사지은 거라우. 우리 애들 먹이려고 농약도 안 친 거니 믿고 가져가시우. 많이 줄게요."

"할머니, 콜라비는 없어요?"

할머니와 손님들이 이야기 나누는 걸 보니 할머니는 필요 없는 걸 사 가라고 하고 손님은 없는 물건을 찾았어요.

그 모습을 보던 유나가 말을 꺼냈어요.

"준성아, 지수야. 시장에 사람이 너무 없어. 아까 텔레비전에서 그 아저씨가 한 것처럼 무언가 바꾸면 사람들이 모일까?"

"그럴지도 모르지. 하지만 어려울걸?"

준성이가 관심을 보였어요.

"사람들이 좋아하는 행사를 하면 구경하러 오지 않을까? 시장에 사람들이 많이 오면 되는 거 아니야? 그러면 물건도 많이 팔리고……. 시장 살리기 대작전을 한번 해 보면 어때?"

유나가 말하자 준성이가 좋은 생각이라며 맞장구를 쳤어요.

"하지만 우리끼리 하긴 좀 어려울 거야. 학교에 가서 선생님께 말해 보자."

내가 말하자 준성이도 찬성했어요. 학교 신문에 내면 좋겠다고요. 준성이는 무조건 학교 신문부터 생각했어요.

"야, 우리가 한다고 되겠니? 그렇게 해서 된다면 모든 시장이 손님들로 바글바글하겠다."

승재가 또 김을 뺏어요. 유나가 승재에게 핀잔을 주었어요.

"넌 왜 항상 그렇게 삐딱하게 말하니? 방법이야 찾으면 되지."

"안 될 게 뻔하잖아."

승재가 당연하다는 듯이 말했어요.

"그러니까 왜 맨날 안 된다고만 하냐고. 안 되겠다. 지수야, 우리끼리라도 선생님께 말해서 꼭 방법을 찾아보자.”

유나의 말에 나는 고개를 끄덕였어요.

할머니와 인터뷰는 제대로 할 수 없었지만 우리는 '시장 살리기 대작전'에 대해 이야기하면서 시장 둘러보기를 마쳤어요.

시장 살리기 대작전

다음 날 사회 시간이었어요.

"선생님, 어제 숙제하러 동문시장에 갔는데 시장에 사람이 너무 없었어요. 시장에 사람이 모이게 하려면 어떡해야 돼요?"

유나가 묻자 선생님은 사람들이 시장에 가지 않는 건 뭔가 이유가 있을 거라며 그 이유를 찾아야 한다고 했어요. 가격이 비싼지, 물건의 질이 나빠서인지, 주차하기 어려워서인지 등의 이유가 있을 거고 그걸 알아내서 방법을 찾아야 한다고요.

"어른들 생각은 알기 어려우니 일단 아이들 생각을 물어볼까요? 아이들도 미래의 고객이잖아요."

"그것도 좋은 방법이네."

준성이의 물음에 선생님이 대답했어요.

그래서 우리는 시장에 대한 생각을 묻는 설문지를 만들었어요.

- 내가 좋아하는 최고의 시장은?

  _____

- 시장에 언제 가 봤나요?

  _____

- 시장의 좋은 점은 무엇인가요?

  _____

- 시장의 좋지 않은 점은 무엇인가요?

  _____

- 시장에서 먹어 본 가장 맛있는 음식은?

  _____

유나는 반 아이들에게 설문지를 돌렸고, 준성이는 학교 신문 편집부에 건의해 다른 반에도 설문지를 돌렸어요.

설문을 진행하면서 할머니를 인터뷰하러 다시 준성이랑 국밥집을 찾았어요.

"할머니, 오늘도 한가하네."

"그러게, 갈수록 손님이 준다. 작년에는 엉덩이 붙일 시간도 없었는데……. 시장에 사람이 없는데 국밥집인들 사람이 있겠니?"

할머니가 힘없는 목소리로 말했어요.

"맞아, 할머니. 작년에 100명이라면 올해는 70명이라는 느낌? 이대로라면 내년에는 50명이 되겠네."

내 말에 할머니는 심각한 표정을 지었어요.

"할머니, 사람들이 다시 시장을 찾게 할 방법을 생각해 봐야죠. '시장 살리기 대작전' 같은 거 해 보면 어때요?"

준성이가 말했어요.

"그래? 그게 뭔데?"

"즐겁고 신나는 행사를 해서 사람들이 시장을 많이 찾도록 하는 거죠."

준성이의 말에 한참을 생각하던 할머니는 중요한 걸 발견한 사람처럼 주먹을 꼭 쥐고 흔들었어요.

"얘들아, 패션쇼 어떠냐? 내가 너희 학교 갔을 때 반응 좋았잖아."

준성이가 얼굴이 허예진 채 눈만 껌뻑거렸어요. 준성이의 반응에 나는 낄낄 웃었어요.

"황 여사, 오늘도 왔습니다. 국밥 한 그릇 부탁합니다. 지수가 오늘도 있구나!"

인터뷰를 거의 마쳤을 때, 상인회 회장 할아버지가 가게로 들어왔어요.

준성이와 나는 이때다 싶어 할아버지에게 말했어요.

"할아버지, 사람들 관심을 끌 수 있는 행사를 자주 열어서 시장에 사람들이 많이 오면 좋겠어요."

"허허, 그러면 좋지. 어떤 방법이 있을까? 한번 생

각해 보자꾸나."

할아버지는 고개를 끄덕였어요.

"시장 분위기가 환해지면 친구들도 시장에 자주 오고 싶을 거라고 했어요."

"시장 분위기가 어둡다는 말이네. 내가 상인회 사람들과 얘길 좀 해 봐야겠구먼."

할아버지는 우리가 시장에 관심을 가져 주는 게 고맙다고 몇 번이나 말했어요. 어떻게 시장을 바꿔 나갈지 상인회 사람들과 의논해 보겠다고도 했어요.

다음 날 오후, 나는 또 할머니한테 갔어요. 가게 안에 사람들이 많았는데 국밥을 먹는 손님이 아니라 시장 상인들이 모여서 회의를 하고 있었어요.

"패션쇼 한번 해 보는 게 어때요? 사람들이 찾아오려면 눈길도 잡고 발길도 잡아야 하니까요."

할머니가 시장 패션쇼를 열자고 사람들을 설득하고 있었어요.

"아니 황 여사, 내가 무슨 패션쇼를 해요? 평생 채

소만 팔던 내가? 시금치, 당근, 오이는 잘 팔 수 있지
만……."

"대단한 패션쇼를 하자는 게 아니고 그냥 있는 그대
로 우리를 보여 주면서 시장을 많이 찾아 달라고 광고
하는 거예요."

할머니는 아이를 데려온 아주머니에게도 말했어요.

"쌍둥이네, 우리 재밌게 해 봐요. 어렵게 생각하지
말고 평소 입는 옷차림 그대로 보여 주자고. 꾸밈없는
모습을 보여 주는 패션쇼 말이야."

나는 할머니와 눈인사만 나누고는 조용히 집으로 돌
아왔어요.

저녁에 엄마가 아빠랑 영상 통화를 했어요.

"여보, 어머님이 시장 상인들을 설득해서 패션쇼를
열기로 하셨대요. 어머님, 진짜 대단하세요."

"그래? 우리 엄마지만 나도 정말 존경해. 한번 한다
면 꼭 하는 분이거든."

아빠 기분이 좋아 보였어요. 나도 '우리 할머니 최

고!'라고 마음속으로 외쳤어요.

드디어 그동안 돌린 설문지가 다 모인 날이었어요. 학교 수업이 끝나고 사물함 속에 차곡차곡 모아 둔 설문지를 모두 꺼내 정리하기로 했어요.

"어? 설문지 뭉치가 어디 갔지? 분명히 여기 뒀는데."

아까까지 사물함에 있었는데 청소를 마치고 보니 감쪽같이 사라진 거예요. 교실을 샅샅이 다 뒤졌지만 설문지는 보이지 않았어요. 귀신이 곡할 노릇이었어요.

몇몇 아이들에게 전화를 걸어 물어봤지만 보지 못했대요.

그런데 승재가 조금 이상했어요. 설문지 찾는 걸 돕지도 않고 갑자기 집에 가야 한다며 가 버리잖아요. 유나와 나는 고개를 갸웃거렸어요.

"으이그, 열심히 한 보람도 없네."

결국 설문지는 찾지 못했어요. 유나와 준성이, 나는 화도 나고 시무룩해졌어요. 하지만 집으로 돌아갈 수밖에 없었어요. 설문지가 없으니 할 일도 없었거든요.

며칠 후 여기저기서 이상한 말이 들렸어요. 믿을 수 없는 이야기였어요.

"지수야, 너도 들었어? 승재가 설문지 훔쳐 가서 버렸대."

"뭐, 승재가? 왜?"

유나와 나는 승재에게 직접 물어보기로 했어요. 그래서 승재를 복도로 불렀어요.

"너 진짜야? 설문지 네가 버렸어?"

승재는 내 눈을 피하며 힘없이 고개를 끄덕였어요.

"왜?"

내 말에 승재가 개미만 한 목소리로 말했어요.

"시장이 잘되면 우리 편의점이 망할까 봐……."

"펴, 편, 편의점하고 시장하고 무슨 상관인데?"

당황스러워 얼굴이 벌게진 유나가 말까지 더듬으며 물었어요.

"우리 아빠가 퇴직금이랑 다른 돈을 다 끌어모아서 시장 앞에 편의점을 냈거든……."

나는 승재의 말에 귀 기울였어요. 한참 뜸을 들이던 승재가 말을 이었어요.

"시장에 과자 도매점도 있고 음료수 가게도 있고, 시장이 잘되면 우리 편의점이……."

"헐, 말도 안 돼!"

"그래도 그렇지, 우리가 공들여 모은 설문지를 갖다 버렸다고? 너 정말 나빴다."

유나와 나는 어이가 없었지만 자기네 편의점을 걱정하는 승재에게 더 뭐라고 할 수도 없었어요.

집으로 돌아온 나는 유나와 밤늦게까지 메시지를 주고받았어요. 우리 둘 다 이대로 끝내기는 너무 아깝다는 생각이었어요. 설문지는 사라졌지만 거기에 적힌 일부 의견들은 기억 속에 남아 있었거든요.

> 지수야, 내일 회장 할아버지랑
> 얘기해 보면 어떨까?

나는 유나에게 좋은 생각이라며 이모티콘을 팡팡 날

렸어요.

다음 날 수업이 끝나고 유나, 준성이와 함께 상인회 회장 할아버지를 만났어요. 설문지로 조사한 내용을 생각나는 대로 이야기했어요.

"할아버지, 아이들이 그러는데요, 시장 사람들이 더 친절했으면 좋겠대요."

내가 먼저 말했어요.

"미처 생각하지 못한 부분이구나. 내가 상인들에게 이야기를 해 보마."

"또 있어요. 아이들이 좋아하는 물건이 많았으면 좋겠대요. 장난감이나 캐릭터 인형 같은 것도요."

유나가 말하자 준성이가 편리하고 환한 시장, 옛날처럼 정과 덤이 넘치는 시장, 바가지 없는 정직한 시장이면 좋겠다는 말도 했어요.

나는 시장만의 장점과 특색을 잘 살리면 좋겠다는 선생님의 말도 전했어요.

할아버지는 우리의 이야기를 듣고 상인회와 함께 시

장을 개선해 보겠다고 약속했어요.

　우리 할머니도 두 배로 바빠졌어요. 가게에 손님이 없을 때면 예쁜 앞치마를 입고 워킹 연습을 했거든요. 웅웅거리던 텔레비전 대신 신나는 음악도 **빵빵** 틀었고요. 손님들도 가게 분위기가 밝아졌다며 환하게 웃었어요.

할머니의 패션쇼

오늘은 시장 패션쇼가 열리는 날이에요. 시장에 손님들이 가장 많이 오는 토요일 오후지요.

나는 준성이, 유나와 함께 시장에 갔어요. 배가 고파 시장 분식집에서 떡볶이와 어묵을 사 먹었어요.

할머니 가게에 들렀지만 할머니는 보이지 않았어요. 곧 있을 패션쇼를 준비하는 게 틀림없었어요.

시장을 둘러보니 구석구석 깨끗하고 환해진 느낌이 들었어요. 시장 곳곳에 형형색색의 만국기가 펄럭이고 있었어요. 시장 한가운데에는 패션쇼 무대가 설치

되었어요. 무대 옆으로 의자도 놓여 있었고요. 정말 흥겨운 축제 분위기였어요. 좋은 자리는 다른 손님들에게 양보하고 우리는 서서 보기로 했어요.

다섯 시가 되자 패션쇼가 시작되었어요. 사회자가 인사를 하고는 상인회 회장 할아버지를 소개했어요. 회장 할아버지가 마이크를 잡았어요.

"오늘 동문시장을 찾아 주신 여러분, 환영합니다! 저는 동문시장 상인회 회장 김달수올시다. 시장 사람들 모두가 한마음으로 만든 축제의 장이니 마음껏 즐겨 주세요. 정이 넘치는 동문시장, 앞으로도 많이 이용해 주시고요. 상인회 회장 김달수였습니다. 사회자 어디 갔는감?"

회장 할아버지가 사회자를 찾자 뒤에 있던 사회자가 얼른 마이크를 받았어요.

"지금부터 동문시장 패션쇼를 시작하겠습니다!"

사회자의 말이 떨어지자마자 무대에 불빛이 쏟아졌어요. 빠른 박자의 음악도 쩌렁쩌렁 울렸고요.

첫 번째로 채소를 파는 할머니가 나왔어요. 평소 장사하던 복장 그대로 입고 오이와 상추를 담은 함지박을 안고요.

"오이 사세요. 상추도 있습니다. 손주들에게 먹이려고 깨끗하게 키운 채소들입니다. 싸게 듬뿍 드리겠습니다. 동문시장엔 항상 싱싱한 채소가 준비되어 있으니 많이 찾아 주세요. 감사합니다."

할머니는 함지박에서 오이를 꺼내 앞에 앉은 아이 엄마에게 주고, 상추는 봉지에 넣어 활짝 웃고 있는 아주머니에게 건넸어요. 그러자 사람들 모두 박수를 쳤어요. 할머니의 따뜻한 마음이 잘 드러나는 무대였어요.

이번에는 비닐 앞치마를 두른 생선 가게 아저씨가 나왔어요. 생선을 담은 스티로폼 박스를 들고서요.

"싱싱한 갈치, 고등어, 조개, 새우 있습니다. 집에서 조리하기 쉽게 손질해서 드립니다. 오늘 저녁 반찬으로 단백질과 오메가 성분이 가득한 고등어 추천드립니다. 구워도 맛있고 조림해서 드셔도 좋습니다. 동문 시장에 오면 우리 가게도 많이 찾아 주세요."

생선 가게 아저씨는 미리 손질한 갈치를 비닐봉지에 넣어 할아버지 한 분에게 드리며 저녁에 구워 드시라고 했어요. 또 고등어가 아이들에게 좋다면서 손주 반찬 하시라며 할머니 한 분께 전했어요. 사람들은 박수를 치며 생선 가게 아저씨를 응원했어요.

음악이 조용하게 바뀌더니 빨간 사과 무늬 앞치마를 두른 아주머니가 나왔어요. 사과와 귤을 담은 소쿠리를 들고요.

"이 사과는 제 친정인 영주에서 수확한 사과고요. 이 귤은 남편 고향인 제주도에서 왔습니다. 맛과 품질을 보증하는 과일이 아주 많이 준비되어 있으니 동문 시장 자주 찾아 주세요."

아주머니가 사람들 손에 과일을 하나씩 건네주니 사람들이 좋아했어요.

뒤이어 작업복 차림의 떡집 사장님이 나와 쟁반에 담긴 인절미와 수수팥떡을 나눠 주었어요. 김이 모락모락 나는 떡은 모두에게 인기였어요.

갑자기 음악 소리가 커졌어요. 그러더니 편의점 조끼를 입은 아이가 나왔어요.

"어? 저기 봐! 승재 맞지?"

준성이 말에 우리는 깜짝 놀랐어요.

"저는 시장 앞에 있는 편의점 주인의 아들 이승재입

니다. 회사를 퇴직한 우리 아빠가 차린 편의점이에요. 편의점에는 없는 것 빼고 다 있으니 우리 편의점도 많이 찾아 주세요. 아빠 사랑해요!"

사람들은 손바닥이 아플 정도로 크게 격려의 박수를 쳤어요. 아직 승재에게 화가 다 풀리지 않았지만 우리도 덩달아 박수를 쳤어요.

"아들 하나 잘 뒀구먼. 아빠가 누구인지 참 좋겠네."

뒤에서 칭찬하는 어른 목소리가 들렸어요.

드디어 우리 할머니가 한복을 곱게 차려입고 나왔어요. 하얀 앞치마를 두르고 국자를 하나 들고서요. 할머니는 천천히 무대 앞쪽으로 걸어 나와 마이크를 잡았어요.

"안녕하세요. 서촌국밥을 운영하는 황정심입니다. 저는 십여 년간 동문시장 홍보 모델로 활동하고 있습니다. 이렇게 여러분 앞에 서니 조금 쑥스럽네요. 하지만 전혀 낯설지는 않습니다. 이래 봬도 동문시장 멋쟁이 할머니거든요."

사람들이 와아아 하며 크게 웃었어요. "멋져요!" 하는 소리가 여기저기서 들렸어요.

"원래는 스트리트 패션쇼를 진행하려고 했습니다. 길거리 패션, 스트리트 패션이라는 말 들어 봤나요? 디자이너들이 만들어 낸 스타일이 아닌, 스스로 자신의 멋을 찾아서 만들어 가는 패션을 스트리트 패션, 길거리 패션이라고 한답니다. 패션이나 멋은 누가 만들어 입혀 주는 게 아니라 스스로 만들고 찾아가는 거라는 걸 알려 주고 싶었어요. 그런데 우리 손녀가 저를 보고 시장 패션이라고 한 게 번쩍 떠오르더라고요. 내가 시장에서 일하는 사람이니까 진짜로 시장 패션을 보여 주자고 생각했어요. 그래서 우리 시장 사람들이 평소 입는 옷을 입고 패션쇼를 꾸며 봤습니다."

할머니는 나를 보고 살짝 웃으며 말을 이어 갔어요.

"패션은 멋이기도 하지만 생활이기도 하고 삶이기도 하답니다. 오늘 여러분에게 시장의 멋과 삶과 생활이 잘 보였길 바랍니다. 여러분! 누군가 똑같이 만들어 내서 입혀 주는 패션이 아닌 여러분의 개성이 담긴, 여러분 스스로의 삶이 담긴 패션을 찾아가길 바랍니다. 동문시장도 많이 와 주세요!”

할머니는 시작할 때처럼 우아한 자세로 멋지게 인사했어요. 패션쇼를 구경하던 많은 사람들이 우레와 같은 박수를 보냈어요. 회장 할아버지는 엄지척을 하며 “황 여사 최고!”라고 크게 외쳤어요.

나는 무대 위에 선 할머니가 너무 멋져 보였어요. 항상 불안하면 꼼지락거리던 내 두 손은 할머니에게 하트를 보내느라 바빴어요. 할머니가 고개를 돌려 나를 보고는 눈을 찡긋하며 웃었어요.

그때 사회자가 마이크에 대고 크게 말했어요.

“지금부터 우리 모두의 패션쇼가 있겠습니다. 음악 소리에 맞춰 모두 무대 위로 나와 주세요!”

각자의 생활이 담긴 복장을 입은 사람들이 하나둘 나오기 시작했어요. 저마다 옷은 달랐지만 환한 표정은 똑같았어요.

"나는 커서 세계여행을 하며 여행자 패션쇼를 열고
싶어."

유나가 흥겨운 목소리로 말했어요.

"난 엄마 아빠가 유학을 마치고 돌아오면 우리 식구
모두 패션쇼에 나가 보자고 할 거야."

준성이도 웃으며 말했어요.

"그래, 좋아! 나도 다음에 엄마 아빠랑 함께 나가 봐
야지."

나도 신이 났어요.

어느새 승재가 부끄러운 얼굴로 쭈뼛쭈뼛 다가와 말
했어요.

"설문지는 정말 미안……."

유나와 나는 장난스럽게 승재를 흘겨보다가 대답했
어요.

"너 아까 좀 용기 있더라."

"투덜이 이승재, 오늘 다시 봤다."

음악이 점점 커지자 우리들의 함성도 커졌어요. 어

른들의 웃음소리도 시장 하늘을 크게 울렸어요.

그날 이후로 할머니와 시장 어른들은 다음엔 또 어떤 행사를 해 볼까 고민했어요. 사람들이 시장을 자주 찾게 만들 수 있다면 무엇이든 해 보겠다고 말이에요. 지수는 오늘도 기운이 넘치는 할머니를 보며 엄지척을 날렸어요.

"우리 할머니 최고!"